살아 보고 싶은 날의 하늘은 무슨 색일까

살아 보고 싶은 날의

◯

하늘은 무슨 색일까

해방글터
동인 시집

◯

| 우창수 | 차헌호 | 전상순 | 이규동 | 신경현 | 조성웅 | 조선남 | 배순덕 |

삶창

발간사

2024년, 다섯 번째 동인지를 세상에 내놓는다.

노동자들은 오늘도 퇴근하지 못하고 공장에서 죽거나 해고되거나 거리에서 농성하고 있다.

자본주의는 자연과 인간의 고통을 채굴하며 지구를 뜨겁게 만들고 폭염과 가뭄과 홍수를 선물처럼 노동자 민중에게 안겨주고 있다.

학살과 전쟁에 불탄 주검들이 아무렇게 버려져 나뒹굴고 있다.

해방글터는 현장에서 골병든 몸들이 토해낸 고통과 10년 가까이 불법파견과 싸워왔던 비정규직 노동자들 곁에 있었다.

기초생활수급에서 탈락될까 걱정인 친구에게 전태일 열사 옛집 수리 일을 하자고 손을 내밀었다.

완전한 평등에 이르는 길을 찾기 위해 땅에 귀의해 소박하게 농사짓고 살아왔다.

여성 농민의 삶을 고통과 웃음으로 기록하고 우포늪에서 영성과 평등을 아이들과 함께 노래했다.

부서진 희망의 조각들을 그러모아 땅을 일구고 마찌꼬바 공장에서 노동하며 부질없는 희망 대신 하루하루 정직한 땀을 홀

렸다.

아래로 흐르는 강물처럼 부르지 않아도 현장을 찾아 투쟁시와 조시를 낭송하며 연대했다.

각자의 현장에서 밀려드는 슬픔과 고통을 묵묵히 기록해왔다.

하나로 정해진 답이 없어 머뭇거리고 서성이면서 강요된 정답을 거부한 채 해방글터는 살아 보고 싶은 날의 하늘은 무슨 색일까, 질문한다.

질문하면서 기록되지 않는 고통과 슬픔을 기억하기 위해 먹구름 끼고 비바람 몰아치는 하늘이어도 끈질기게 투쟁하는 사람들 곁에 있을 것이다.

오갈 데 없는 가난한 사람들과 공장 밖 천막농성의 깜깜한 밤하늘이어도 멀리 가물거리는 별빛 같은 마음 하나 있다면 그 곁을 지킬 것이다.

저마다 작은 희망 하나 있어 땀에 젖은 동료들 얼굴 보면서 믹스커피 한 잔과 담배 한 대 피울 여유를 가졌으면 좋겠다.

천막농성 중에도 매일 찾아오는 동지들이 있어 기쁨의 눈물 홀

리며 투쟁하는 노동자들이었으면 좋겠다.

송전탑이 세워진 산과 들의 주민들이 송전탑이 뽑히고 남은 여생 평화롭게 살아갔으면 좋겠다.

생산비에 미치지 못하는 농사에 절망하고 제 땅에서 쫓겨나는 농민들이 웃으며 살아갈 세상이 오면 좋겠다.

일하다 죽는 노동자와 자신의 권리를 위해 싸우다 쫓겨나는 노동자가 없는 세상이 어서 빨리 왔으면 좋겠다.

서로가 서로에게 군림하지 않고 평등하게 제 삶을 설계하고 가꾸어가는 세상을, 그런 세상의 맑은 하늘색을 꿈꾼다.

차례

1
부

....

시

배
순
덕

골병

찬바람 부는 겨울, 출근해서 전기 포트에 물을 끓인다
통근차가 도착하면 동료들은 믹스커피 하나씩 들고
작업장 안으로 들어온다

아침부터 앓는 소리, 터져 나온다
어깨 저려 밤새 못 잤다
부스스한 얼굴로 말하는 수빈이
기계가 많아 이리 뛰고 저리 뛰던 명희는
다리 아파 죽겠다 울상 짓고
한쪽 방향으로 몸을 틀어 일하다
허리뼈 비뚤어져 아프다는 홍순이
어깨 수술에 하지정맥류 수술한 영애는
손가락뼈 튀어나와 아파서 파스를 붙였다
일주일에 1톤 고무, 하루 수만 번씩 자른 가위질 십 년으로
손가락마다 뼈가 튀어나오고 휘어지고
마디는 굵고 두툼한 굳은살 박인 거친 손을
슬그머니 동료들 앞에 내민다

몸뚱이가 재산인데

보약 같은 커피 한 잔 마시고 또 일해 보자며

우리는 서로 얼굴을 보며 웃는다

자리로 떠나는 동료들 보내고

전기 포트에 다시 물을 끓인다

골병든 우리처럼

신음 소리 내면서

앓는 소리 내면서

물이 끓는다

기본은 지킵시다 1

― 휴업수당

추적추적 비 내리는 출근길

통근차 없어, 버스 두 번 환승하면 지각할까 택시 타고 온 혜

영이

이모! 하면서 웃는 베트남에서 시집온 투억이

작업 시작 알리는 벨 소리에

또 일해 보자며 각자 작업대 앞에 섰다

맞은편, 싸가지 없는 주임이 두 팔로 X를 그린다

소재 연결이 안 된다고 집에 가란다

그럼 휴업수당은?

모른단다

사무실 가서

휴업수당은 줍니까

우리 공장은 그런 거 없단다

기본은 지켜야 안 됩니까

역시,

아무 대답이 없다

기본은 지킵시다 2

— 주휴수당

월급날
인도네시아에서 온 노동자들,
주휴수당 안 나온다고 월급 명세서를 보여준다
주휴수당이 지급되지 않고 있었다
몇 달 되었다

임금 지급 시효기간 3년이라 나중에 받을 수 있다고
미지급 주휴수당 계산하던 때
왜 남의 월급 명세서에 관심 갖느냐
저만치에서 사장이 소리 지른다
왜 주휴수당 주지 않느냐
쟤들 기숙사 방세며 전기 수도세라며
그것도 모자란다 소리 지른다
더러우면 그만두란다
기본은 지킵시다

공장 잘 돌아간다

새벽 서너 시 불 켜지는 공장

도급 노동자들 출근해서 기계 돌리고

5시 반장 출근해서 기계 돌리고

8시 시작되는 정시 출근

오후엔 도급이 퇴근하고

5시 일거리 없는 사람 퇴근하고

8시 잔업 했던 사람

밤 10시 외국인 노동자 퇴근하고

밤낮으로 불 켜진 공장

기계는 잘 돌아가는데

납품 줄어든 공정 서너 명,

일거리 없다고 무급으로 며칠 쉬어야 하는 동료 입에서

"공장 잘 돌아간다."

여름을 닮은 그녀

코로나19로 수출길 막혀
동료들 절반은 쉬고 열 명 남짓 일하는 요즘
점심 먹고 바람 불어오는 공장 입구 자리 깔고
아지매들 서너 명 앉아 턱턱 숨 막히는
여름 날씨만큼 답답한 세상살이 풀어 놓는다

때마침 5톤 트럭에 짐 싣고 와 아지매들 옆에 쪼그려 앉은
납품 기사
이쁜 마누라 성질 까칠해서 사는 게 고달프다 누나들한테
하소연하자
일 욕심 돈 욕심 많은 반장
남편 인물에 반해 여태까지 내가 벌어
딸 둘 대학 보내고 이제 졸업하고 취직했다면서
언니, 내가 얼마나 힘들었는지 아냐, 한다

매일 아침 두 시간 일찍 출근해서 일하고
남들 일거리 없어 쉬든 말든 잔업 특근까지 해가면서
공장에서 임금 제일 많이 받아 가는

그녀를 동료들은 수군거린다

그래서일까
공장 회식할 때면 술이 약한 그녀는 자주 운다
힘들다고……
남정네 일하는 만큼 잘하는 그녀
공장 일도 집안 살림도 세상살이도
많이 지치고 힘들었나 보다
200도 기계 열에 익은 그녀의 빨개진 얼굴이
질기고 질긴 여름 같다

할미꽃

작년 봄
어릴 적 그리움 일렁이었는지
남편은 아래 밭두렁에서
할미꽃 캐다 대문 옆에 심었다

화사한 봄날
대문 옆 탐스럽게 번져 핀
보랏빛 할미꽃 보면서 돌아가신 외할머니가 그립다

초등학교 3학년 때
꽃상여 타고 묵호역 지나 떠나는 외할머니 쫓아가다
애들은 상여 길 따라오는 게 아니라며
혼내는 어른들이 무서워 전봇대 뒤에서
눈물 흘리며 그리워했던 외할머니

작은 키에 단아했던 외할머니
곱고 고왔던 큰딸이
없는 집에 시집가 자식 여덟 낳고

궁핍한 살림살이 꾸려가는 게 안쓰러워
틈틈이 외손녀를 챙겼다

하굣길 학교 정문 앞에 기다리시다
나를 보면 손에 오십 원짜리 동전 하나 쥐어주시고
한 시간 걸어 댁으로 가시던 외할머니
먹거리 있는 날이면 굶고 있을 외손녀 걱정에
들고 오셔서 주시고 또 먼 길 걸어가시던
외할머니 그 작은 몸짓이
오십 년 지난 지금
늙은 나와 비슷한 외할머니의
말씀 없었던 보랏빛 사랑이 그립다

조
선
남

오래된 기억

이십 년 전
혹은 삼십 년 전
거기에서 멈춰 버린 오래된 기억
이미 사라진 골목길을 더듬는 것처럼
아무것도 남아 있지 않다
꽃이 피었다 진다고 해도
해마다 꽃은 피고
단풍으로 붉어진 추억이 지나간다 해도
해마다 가을은 오는 것을

닭이 우는 새벽
비산동 좁은 골목길을 뛰고 있었다
노동자의 희망을 말하는 정치신문을 돌렸던 오래된 기억
거기에서 멈춰버린 기억은 사유의 거미줄을 친다
잊혀 가는 것들에 대한 미련을 버리지 못하고

해마다 붉은 꽃이 피듯이
기억은 지나간 사유가 아니라

해마다 피고 지는 살아 있는 꽃이다
오래된 고목에도 꽃은 피듯이
살아 있는 모든 순간이 꽃이다

기억은 지나간 죽음의 무덤이 아니라
무덤 위에 핀 꽃이다
생명이다
내가 너를 기억하는 그 모든 순간이 혁명이다

연민

조금만 불쌍한 사람을 보아도
마음이 언짢아 그날 기분은 우울한 편입니다
내 자신이 너무 그런 환경을
속속들이 알고 있기 때문입니다*

사람에게는 동정과 연민의 마음이 있습니다
그런 환경을 속속들이 알고 있기 때문에
그 사람이 얼마나 힘들고 아플까
그 사람이 얼마나 괴롭고 슬플까
그 마음을 나누는 것입니다

하루 종일 힘든 노동을 할 형편도 못 되고
기초생활수급자로 살아가면서
조금만 수입이 있어도
기초생활수급에서 탈락될 것이 두려워
일을 하고 싶어도 일을 할 수 없는 사람

한 달에 27만 원을 받는 주거 수급비를 못 받을까 봐

용역회사 날품팔이도 못 가는 가난한 친구에게
전태일 옛집 수리를 같이 하자고 합니다
그 마음이 태일의 마음일 것 같아서 말입니다
사람에 대한 연민의 마음
퇴근길을 걸어 풀빵을 사서 시다들에게 주던
그 마음일 것 같아서 말입니다

아무런 조건 없이 기쁜 마음으로
기꺼이 후원금을 내는 수많은 사람의 마음일 것 같아서 말입니다
그래서 같이 일을 합니다

• 『전태일 평전』

미싱 두 대

물려받은 논밭이 있는 것도
물려줄, 공장이 있는 것도
파업에 앞장섰던 사람들은
어디론가 끌려가고

부산에서 서울로 다리 밑 시장통으로
집 한 채, 방 한 칸 없이 떠돌았고
물려받은 논밭도 물려줄 재산도 없으나
태일에게 미싱 일 하나만 제대로 가르쳐도
지 앞가림은 하겠다 싶었는지 모른다

부엌에 미싱 두 대를 놓고
낮에는 재봉틀을 돌렸고
밤에는 청옥고등공민학교에 가서 공부를 했다
전태일이 생애 가장 행복했던 순간이라고 한다

전태일 옛집을 수리하면서
미싱이 놓였던 그 자리를 발견하면서

46년 9월 총파업의 함성이 들렸다
쫓기는 아버지 전상수의 눈물을 보았다

다시 혁명의 깃발을 올려라

─ 김개남 장군 130주년 기림굿에

거센 바람을 타고 출렁이는
흰 깃발
무명 저고리 찢어 걸었다
대나무 장대 높이에
바지저고리 걸었다

출렁이는 바람의 흔적
가슴이 일렁이는가
장대 높이 바람이 일렁이는
무명의 동학 농민군

태어나는 것이 저주로 시작되는
노비의 운명을
살아 있는 것이 가혹한 형벌인 것을
꽹과리 북소리, 바람을 타고 넘던
광대의 몸짓이 고통스러운 아픔인 것을

바람은

출렁이는 바람은
찢어지는 고통의 함성은
한 사람의 영웅을 부르는 것이 아니다
한곳으로 모여드는
수천, 수만의 김개남을 부른다

뼈 한 조각,
머리털 한 가닥 남아 있지 않지만
여기,
이곳에 남쪽 하늘을 열어
새로운 세상을 열고자 했던
개남장, 그를 기억함으로
여전히도 높은 신분의 벽만큼 높은
빈부의 높은 벽,
신분 세습의 장벽 높은 부의 세습
가난의 대물림
차별과, 불평등 장벽을 허물고자 하는 것이다

가장 열심히 일하고 가장 가난하게 살아가는
일하는 하늘님의 새로운 하늘을 보고 싶어
여기 모인 것이다
머리털 한 가닥,
뼈 한 조각 없어도
그를 기억하고 모인 우리의 분노가
김개남의 분노이고
흔적 없음의 흔적을 찾아 모인 발걸음이
김개남의 발걸음이다

짚둥주리 덮어 쓰고 끌려가는 모습을
바라보며 울며, 울며 불렀던
김개남을 살려내,
우리 안에서 살려내려는 발걸음이
가장 큰 김개남 장군이 사상의 흔적이고
아직 끝나지 않은 혁명의 물결이 될 것이다

깃발을 올려라

북을 쳐라

징을 울려라

다시 혁명의 깃발을 올려라

십 년, 아직 끝나지 않은 투쟁

우리의 싸움이 십 년 갈 줄 알았다면
처음부터 시작하지 않았을 것입니다
조금 억울해도 위로금이나 받고 말았을 것입니다
십 년을 지나오는 동안 먼저 정리하고 떠난 동지들의
쓸쓸한 뒷모습을 보기도 했고
가끔은 전화 와서 아직도 그러고 있느냐고
안쓰럽다며 전화 오는 동료가 있을 때
좋은 자리 있는데 전화 올 때 흔들렸던 것도 사실입니다
농성장 앞 벚꽃 나무에 열 번 꽃이 피고 지고
또 새봄이 오는가 봅니다

먼저 아이들에게 고맙다는 말
먼저 아내에게 미안하다는 말
지켜봐 주면서 기다려 주어서 감사하다 합니다
인간이 일만 하고 사는 것도
인간이 밥만 먹고 사는 것도 아닌데
자존심을 잃으면 죽을 것 같아서요
그런 마음을 믿고 지켜봐 주어서 고맙습니다

공단에 들꽃이 피고 지면서
그냥 피었겠어요 때로는 흔들리기도 하고
때로는 꺾이기도 하고 때로는 시들고 말라갈 때도
멀리서 또 가까이에서 지켜봐 주고
응원해주고 이름 없이 매달 연대기금을 보내 주는
사람들이 있어서 포기하지 않고 올 수 있었다고 말합니다

십 년, 아직도 끝나지 않은 싸움
조바심 내지 않습니다
이 생활에 익숙해지지 않습니다
조바심으로 애태우는 하루가 얼마나 힘든지
관성에 젖어 익숙해지는 것이 얼마나 위험한 것인지
십 년을 싸워오는 동안 알게 되었습니다

마지막 순간은
우리가 승리하는 순간뿐이라는 것을
우리에게만 닫혀 있던 공장 철문을 열어젖히고

들꽃 향기 바람을 타고 들어갈 때까지

십 년이고, 이십 년이고 마지막은 없습니다

냉이꽃

가을에 싹이 돋아
서리 와 언 땅 눈밭에 묻혀
죽은 듯이 살아 있다가
봄이 되면 툭툭 얼어붙은 땅
흙을 일으키고 봄을 일으키며
양지바른 언덕에 빼꼼히 고개 내밀던
냉이꽃,

꽃보다 향기롭게
꽃보다 깊이
땅속 깊숙이 뿌리를 내린 냉이꽃
봄 언덕 냉이 캐다가
장에 내다 팔아 동생 공책 사 주던
누나의 언 손등 같은
냉이꽃이 좋았다

아빠의 소원

어떻게 십 년을 버텨 내셨어요
눈빛이 흔들리는 모습을 보았다
눈빛이 흔들리는 것이 아니라
삶이 흔들리는 것을 보았다

아이를 맡길 데가 없어서
아이를 봐줄 사람이 없어서
데려온 농성장
노래를 부를 때마다 팔뚝질하는 세 살
둘째 아이를 보면서
일주일에 이틀을 아이를 병원에 데리고 가면서
그렇게 살아온 십 년이 한꺼번에 생각났는지도 모른다

어떻게 십 년을 살았느냐고요
아이들만 바라보고 살았어요
민주노총, 노동계급 그딴 것 몰라요
알고 싶지도 않고
여기서 무너지면 모든 것이 무너질 것 같아서요

겨우 삼 개월 다니고 문자로 해고 통보 받은 것이 억울해서
한 일 년이면 되겠지 했는데, 해고되던 해 태어난 아이는
벌써 열 살이 되었네요

아이 데리고 일주일에 두 번 병원 다니는 것
투쟁 일정 빼먹고 다녀오는 것, 몰라주는 동지가 야속하기도
했는데
지금은 동지들 덕분에 버티고 있어요
남들은 철의 대오라고 하는데
그냥 십 년이 아니라고 하는데
무너지려고 들면 순식간이라는 것 너무 잘 알기에
내가 빠지면 남은 동지들이 더 힘들다는 것 잘 아니까
가는 데까지 가보는 것입니다

지금 내가 지켜야 할 것은 내 아이고 내 가정이고 내 동지들
입니다
그렇게 우리는 지금을 보내고 있어요
농성장에는 달력이 없습니다

더는 날짜를 세지 않으니까
우리가 끝내야 끝이니까
우리는 반드시 아사히에 정규직으로 복직해야 끝나니까

소원이 하나 있다면 문자로 해고한 공장
해고되던 해에 태어난 우리 아이 무동 태워
저 공장문 당당히 들어가 보는 것이 소원입니다

온전한 인간

벽시계의 초침 소리가 거슬려
잠들지 못하던 예민한 밤
며칠째인가
몇 년이 지났는가
묻는 사람도
따지는 사람도 없었다

문자 한 통으로 해고가 통보되는 순간
모든 시간은 정지되었고
고장난 시계를 보고 하루를 가늠하지 않듯이
멈춰버린 노동의 시간을
노동자의 시간이라 하지 않는다

누가 돈을 빌려 달라면 싫다는 소리 못 했고
내가 아무리 힘들어도 받을 돈 달라 소리 못 했던
토요일이고, 일요일이고 회사 관리자가 전화 와서
내일 출근할 수 있느냐고 물었을 때 싫다 소리 못 했던
그렇게 살아왔던 삶이 조금은 변했다

후둑후둑 비가 내리고, 깊은 밤
의미 없는 지난 이야기를 하면서
애써 의미를 담지 않아도
가슴으로 스며들었던 동지의 이름
온전한 인간으로 그 모습을 찾아가는
노동자

타임 벨 소리에 하루를 측정하던
비정규직 최저시급의 인간이 아니라
인간의 모습으로 살아보고 싶었다
2년마다 갱신되는 근로계약서가 아니라
업체가 변경될 때마다 근로계약서가 다시 작성되는
비정규직은 이제, 그만, 멈춰! 말하고 싶었다

온전한 인간이 되어 간다는 것을
누구도 가르쳐 주지 않았지만
스스로 알아가고 있었다

다시 십 년이 더해져도
인간의 존엄성을 찾고 싶었다

엄마 생일 선물 상품권

공장이 불나고
엄마는 공장에 남아 농성을 했고
주말에만 들러서 집 안 청소에
반찬 만들어 놓고
바쁘게 서둘러 돌아가는 일요일

아무리 아빠가 잘 해줘도
여전히 엄마의 잔소리가 그리워지는데
엄마의 생일날, 편지를 쓴다

엄마에게 드릴 선물은
엄마 어깨 주물러 주기 3회 상품권
엄마와 함께 잠자기 3회
언제 끝날지 모르는 농성에
상품권도 유통기한이 없다

돌아갈 공장이 불타버렸고
돌아갈 가정의 행복도 공장과 불탔는데

수요문화제는 엄마가 농성하는 공장에서
엄마와 같이 밥 먹을 수 있는 날
투쟁을 약속하는 노동가요도
시인의 시도 모르겠지만
짧은 시간 엄마와 손잡고 있는 것이 좋았다

집에서 엄마 아빠와 함께
같이 저녁 먹는 날을 기다리는
그 기다림에 눈물이 난다

광대나물 풀은 앞다투어 꽃 피었다

엄마에게 딸은 친구이고, 한 세대를 넘는 가장 가까운 언니다. 짧은 삼 일간 가족여행, 품속에 있을 때 자식은 어디에도 없었고 아이들은 성장하여 자신의 앞길을 그냥 걸어가고 있을 뿐이었다.

그런 아이를 설날 아침, 앉혀놓고 맥락 없이, 미안하다 미안하다 미안하다고 주책없이 혼자서 슬프게 말하고 있으니 바르르 목소리의 톤을 조금 높이며 아빠가 미안한 것이 뭔데, 뭐가 그렇게 미안한데, 서울에 오피스텔 하나 못 얻어주었고 부모가 배경이 못 되어서 미안한 거야.

혁명의 한 시대는 끝나고, 세상은 변한 것이 없는데 노동귀족으로 조롱거리가 되어 조리돌림 당하고, 거리에서 꽃병을 들고 붉은 사월을 노래하던 친구들도 선택된 몇몇만 누리는 특권이라 말할 때 그래서 혁명의 시대는 끝난 것이라고 말할 때 무기력하고 우울한 겨울을 보내고 있었다.

딸들이 짜놓은 계획과 예약된 식당과 딸이 운전하는 승용차

의 뒷자리에 앉아서 유리로 된 승용차 지붕을 통해 흩날리는 눈발과 빗방울을 보며 성산 일출봉까지 오르고야 말았다. 세 번을 왔고 입장료 5천 원이 아까워 발길을 돌렸던 성산 일출봉에 딸이 입장권을 끊어 왔고 관광객 틈에서 사진을 찍고 멋 부리고 한 시대의 마침표를 찍는다.

숙소에 돌아와 돌계단 아래에 피어 있는 광대나물 풀을 본다 환경이 맞지 않으면 꽃을 피우지 않는 그런데 꽃을 피우고 열매를 맺어도 좋은 조건이 되면 한꺼번에 봄 햇살이 쏟아지듯이 한꺼번에 꽃을 피우고 순식간에 돌계단을 덮어버리고 마는 광대나물 풀을 보며 마침표를 찍었던 한 시대의 우울을 거둬들인다.

졸렬한 희망과 절망 사이에 사람이 있고 미친 듯이 불어대는 광풍과 앞을 분간할 수 없는 눈보라에도 아주 짧은 시간에 한꺼번에 쏟아지듯 꽃을 피워 올리는 광대나물 풀꽃, 보랏빛 꽃을 본다. 그것은 여전히 진행 중인 혁명이었다.

조
성
웅

맨발에 새겨진 흙의 감각

―먼저 간 길동무 돌쑥에게

부재(不在)는 통각되는 것이다
가장 멀리까지 밀어올린 전망이 깊숙하게 베였다
베인 자리마다 스며든 그리움은
선연한 핏빛일 때가 있다

어디로 가야 할지 몰랐다
정처 없는 걸음걸음마다
우기(雨期)였다
폭설처럼
문득 길이 끊겼다

흙의 감각을 오래 잊고 살았다
젊은 날, 공장지대 콘크리트 바닥에서 혁명을 찾았지만
흙의 감각을 잃어버린 곳마다
정치사상은 딱딱해져 갔다
풀꽃 한 포기 나지 않아도 이상하지 않았다

"나이 오십 넘어서 뭔 공부냐 다 버려야지

씨감자 스무 알이라도 잘라서 직접 심어 봐라."*

머리만 무거웠다
씨감자를 잘라 텃밭으로 나갔다

신기하게도
흙 한 줌 손에 쥐었을 때
악착같이 살아보고 싶었다

흙과 사귈수록
맨발로 감각하는 미생물의 세계가 있었다
꼼지락거리는 것들은
스스로 행동함으로써 거대한 협력을 만들 뿐
누구도 대의하지 않았다
한번은 살아보고 싶은
의회제 없는 민주주의였다
혁명은
딱딱한 콘크리트 8차선 대로를 따라 나아가는 것이 아니라

단호하게 땅을 회복하면서 근대를 넘어서는 일이었다

미생물의 한 생이 별의 항로를 닮아가고 있었다

돌쑥이 누운 자리까지 예초하던 날
예초기 칼날에 누운 풀 향이 그렇게 좋았지만
살점이 베여나간 고통이라는 걸 너무 늦게 알았다
; 맨발에 새겨진 흙의 감각을 삶으로 번역하는 일은
'우리'의 경계선을 저 풀 한 포기까지 확장하는 것이다
자본주의와 화해하지 않는 것이다

온몸이 진통이다
베인 풀 한 포기조차 우리였구나

돌쑥의 다하지 못한 삶이 풀 한 포기로 돋는 날이었다

* 돌쑥이 내게 남긴 유언.

사려 깊은 배려로 꽉 채워진 삶

—먼저 간 길동무 박창에게 보내는 편지

여기는 온통 설경입니다

아침 설경을 보고 있노라면
차갑고 서늘하나
너무 맑아 눈물이 날 것 같은
순백의 따뜻함을 느낄 때가 있습니다

사려 깊은 배려로 꽉 채워진, 아주 정갈한 박창이었습니다

언 삶, 호호 입김 불어주던
그대 체온을 기억하겠습니다

순둥순둥 거리의 성자(聖者)

─콜텍 해고자 고 임재춘 형의 삶을 기억하며

다른 삶을 낳지 못하는 투쟁은
얼마나 외로웠던가
얼마나 고통스러웠던가

분노로만 내지른 선동에는 파랑(波浪)이 일지 않았다

적과 타협하지 않았지만 쉰 쇳소리만 깊어갈 때
재춘 형을 만났다

어눌하고 조리도 없고 맘 급하면 더듬거리기도 하던 말투를
난 처음부터 알아먹었다
인간다움의 온기를 유지하려는 삶의 항온성 같았다
유창하고 조리 있는 언어는 시나브로 비수가 되지만
그의 언어는
마음과 정성을 돌담처럼 쌓아
마침내 그 마음 한 자리 얻게 하는
온기의 지혜였다

낯선 거리,

더 이상 무너지지 않겠다는 의지로 바닥과 바닥을 이어 나
갔다

재춘 형이 세운 삶의 바리케이드는 주방이었다

밥주걱은 기타를 만들었던 장인의 손에 쥔 투쟁 강령인지도
모른다

주방은 무대가 아니었기에 주목받지 못했지만

그의 유일한 관심사는 애틋하게 챙기는 일이었다

재춘 형이 차린 밥상은 둥글고 둥글어서

각진 모서리의 마음도 밥상의 온기를 닮아가고

불신의 응달도 순식간에 따뜻해졌다

찰진 밥알들은 투명했고

김이 모락모락 나는 밥 한 공기 같은

속 깊은 대화가 시작됐다

기타를 만들었던 장인의 손맛은 과연 남달라서

모두가 든든해졌다

노동자 민주주의가 구성되는 모든 종류의 미생물들이 살아
움직였다
이윤을 위해서는 아무것도 생산하지 않는
사랑과 우정과 연대의 감응 시스템이 성장했다

그는 바닥이었으나 이미 시였고
그는 바닥이었으나 이미 노래였고
그는 바닥이었으나 이미 묵화였고
그는 바닥이었으나 이미 영화였다

그는 바닥이었으나
지치고 병든 마음 부축해주는 파랑(波浪)이었다
다시 설레게 하고 꿈꾸게 하는 파랑이었고 파랑이었다
치유로 직조된 창조의 파랑, 파랑이었다

순둥순둥 거리의 성자(聖者),
재춘 형을 만난 건 내 생이 치유되는 경이였다

베인 자리가 아무는 것 같아

—길동무 덜꽃에게 1

겨울 볕이 소복소복 쌓이는
아담한 뜨락에 앉아
덜꽃과 산알이 대화를 나누고 있었어

이상도 하지
곁에서
두 여인의 이야기를 듣다 보면
베인 자리가 아무는 것 같아

세상에 널려 있으나
귀 기울여 듣지 않으면 들리지 않는 소리가
훅,
내 심장을 혈액처럼 순환했어

주방을 떠나지 못하고
아무에게나 속 시원하게 말하지 못했던
눈물이

손때 묻어 반들 윤이 나는 '생명-살림' 같았어

가닿으면 열매를 맺을 것 같은
온기로 가득 차 있는 세상

몽글몽글
베인 자리가 아물고 있어

정말
새살이 돋고 있어

스스로 치유한 사람이여
눈물의 뿌리에서 꽃으로 이행하고 있는 삶이여
덜꽃 당신이
        참, 아름답다고 말해주고 싶었어

덜꽃 농장
—길동무 덜꽃에게 2

홍천군 내면에 가면
덜꽃 푸나 부부가 일구는 '덜꽃농장'이 있다

참 야물딱지고 끈덕지게 땅을 가꾼다

내가 엄두가 나지 않을 정도로 성실하게 일하지만
덜꽃농장의 주인은 농협이다
이자 갚고 생계를 유지하려면
출하농(出荷農)이 될 수밖에 없었다

덜꽃이 저녁이 있는 삶이라도 살았으면 좋겠어
힘들지 않아

난 정직하게
        내 몸과 땀으로
                농사짓고
                    땅을 지키고
                        가꾸는 것이 좋아

입 농사 머리 농사만 늘어가는데
첨엔 덜꽃의 이야기가 경전처럼 어렵게 들렸다
덜꽃의 마음을 헤아리려 농(農) 자를 오래도록 들여다봤다

별밭[辰田]이 보였다

별밭을 가꾸다니!
당대에
이토록 멀리 나아가 다다른 전망을 본 적이 없다

저 여린 풀꽃 하나하나 더욱 귀하게 만들 줄 아는 사람
모두가 만개한 뒤에야 비로소 꽃이 피는
꽃 피는 과정 자체가 한 생인 사람
아직 덜된 꽃, 덜꽃!
울타리 없는 너른 곁이었다

뭇 생명들을 섬기고 섬기었다

덜꽃의 손끝 발끝으로 몰려든
뭇 생명들과
아침이슬처럼 소통하고
밤이슬처럼 공감했다
하, 덜꽃은 타고난 상담가이자 뛰어난 치유자였다

어느 여름 저물녘
푸나가 모종기를 꽂아 땅을 벌리고
덜꽃이 포트에서 모종을 뽑아 심는데
그 몸짓에서 돋는 리듬이 아름다웠다

일을 마친 덜꽃과 푸나의 젖은 몸에서
종소리가, 둥그런 종소리가
해 다 졌는데
은은하게
오늘도 최선을 다했다고
수고했다고

파랑을 일으키는 것이다

씨앗들의 봉기

―노조 건설 20년, 현중 사내하청지회 조합원들에게 보내는 편지

죽어간 목숨 곁에서 감정조차 허투루 사용하지 않았습니다. 열매를 탐하기보다 씨앗이 되고자 했습니다.

적을 닮아가는 것이 가장 두려웠습니다. 경쟁을 허용했을 때 적은 더욱 강해졌습니다.

적들의 어처구니없는 폭력 앞에 악다구니로 살아낸 하루가 서러웠습니다. 온통 웃음으로 채워도 모자란 날이었습니다. 분노로 일그러진 표정은 길이 되지 못했습니다. 핏빛처럼 노을 드는 도크장에서 다시 길을 물었습니다. 지브크레인에 걸린 보름달 빛으로 얼굴을 씻었습니다.

유독 적이 강해 보이는 날이 있습니다. 서로 눈물을 보이고 싶지 않겠으나 잠시 주저앉아 엉엉 울어봐도 좋겠습니다.

눈물과 눈물이 만났는데
둘이 아닌 하나입니다
공감으로 물들고

단결로 번지는
단단하고 강한 씨앗입니다

어떤 씨앗은 세기를 넘어서도 때를 기다린다 합니다
울타리를 두르지 않습니다
품고 품어 곁을 내어줍니다
비 바람 햇살
숨통처럼 먼저 맞이합니다

때를 준비해온 씨앗들은 일제히 봉기합니다
손쓸 틈도, 발 디딜 틈도 없습니다
국경 자체가 없습니다
위계 자체가 없습니다
배제 자체가 없습니다
혐오 자체가 없습니다

씨앗들은 논쟁의 여지 없이 평등합니다
씨앗들은 논쟁의 여지 없이 존엄합니다

눈물과 눈물이 만났는데
둘이 아닌 하나입니다
거대한 숨통입니다
계급도, 국경도 없는 세계로
지금,
씨앗들은 봉기하고 있습니다

모든 강령은 지상으로 내려와야 한다

─2022년, 거제·통영·고성 조선하청지회 조합원들의
  공장점거파업을 지지한다

하청노동자들에게 후일은 없다
투쟁할 수 있을 때가 유일한 인간의 시간이었다

쫓겨나고 쫓겨나고 하늘로 오르고 올랐지만
여기, 어떠한 침탈에도 무너지지 않은 절박한 삶이 있다
투쟁의 폐허 속에서도
여기, 무릎 꿇지 않은 형형한 투쟁의 눈빛이 있다
바닥에서 바닥으로 지켜내고 쌓아 올린
여기, 비 온 뒤 자라는 풀의 속도처럼 누구도 막을 수 없는
전망이 있다

모든 강령은 지상으로 내려와야 한다

강령이란 단어 앞에 불편해하거나 쫄 필요 없다
맨몸으로 습기와 열기와 모기와 피부발진과 관절 마디마디
통증을 견디고 있는
유쾌한 동지 곁,
뭐라도 챙겨주고 싶어 부채질을 하는 여성 조합원의 마음이

우리의 강령이다

　대우조선 서문 앞, 전국에서 달려온 동지들 앞에서

　백 마디 말보다 오랫동안 하청지회 깃발을 흔들고 흔들었던,

　깜깜한 어둠 속을 날고 있는 반딧불이 같은

　김형수 지회장의 눈빛이 우리의 강령이다

　분말소화기 한 통을 다 뒤집어쓰고도 위축되지 않고

　다시 아시바를 엮어 더욱 튼튼한 거점 농성장을 만드는 조

합원들

　적들의 속내를 훤히 꿰뚫어 보면서

　다시 내일의 투쟁을 시작하는 조합원들이 우리의 강령이다

　지금 바로 자본주의와 다르게 살고 사랑하는 것이 우리의 강

령이다

　존엄을 지켜내는 것,

　가로 세로 높이 1미터의 철 구조물은

　바닥을 딛고 일어선 우리의 강령이다

　노동자 사이의 분열을 지혜롭게 피해 가며

　어떠한 침탈에도 흔들리지 않고 위축되지 않고 무너지지 않

은 단결의 집이다

    감응하고 감응하고 감응을 따라오라
    공장 담벼락을 넘어오라
    가로 세로 높이 1미터 단결의 집으로 오라

    같은 공장에서 일하는 하청노동자들의 고통 따위 모욕 따위
아예 관심도 없고
    투쟁하는 조합원들의 거점 농성장을 침탈하고 분말소화기
를 쏘고 얼음 물병을 던지는 놈들
    널찍한 아파트 한 채 가진 것에 삶의 보람을 느끼고 지 밥그
릇 챙길 줄만 알고
    유독 부동산 주식 시세에만 마음이 쏠리는 놈들
    자본이 설치한 저 바리케이드를 넘어서 오라

    금속노조 조합원인 정규직 구사대 놈들 미쳐 날뛰어도 팔짱
만 끼고 있는 자들
    투쟁할 때는 코빼기도 보이지 않다가

지치고 힘들고 흔들릴 때마다 나타나서

어르고 달래고 회유하고 협박하는 것에는 유별난 재능을 발휘하는 자들

박살나는 것보다는 조직력이라도 남겨서 후일을 도모하자는 자들

자본이 원하는 것들은 귀신같이 먼저 알아보고 계급 화해를 업으로 삼은 자들

자본이 설치한 저 바리케이드를 넘어서 오라

우리는 감응하고 감염되고 번질 것이다

가로 세로 높이 1미터

비 개인 맑은 하늘을 닮은 단결의 집으로 오라

넓고 푸르른 세상의 중심으로 오라

바닥을 딛고 일어선 우리의 강령을 함께 포고하라

해밀*

진창 속에서도 씨앗처럼 단단해지는 마음이 있다

창처럼 뾰족해지지 않았다
비 개인 맑은 하늘을 쏙 빼닮았다

2004년, 생애 처음으로 자주색 투쟁 조끼를 입은
현대중공업 하청노동자들이 현장 중식 집회를 열었다
비 갠 맑은 하늘이 내 가슴에 뜬 날이었다

지금은 세상에 없는 나만의 연덕흠 열사도 있었고
2022년, 대우조선 하청노동자들의 공장 점거 파업에 참여했
던 내 친구 김덕용도 있었다

하청노동자도 인간답게 살고 싶다는 씨앗
씨앗 한 마음
씨앗 두 걸음이 사귀어 일으키는 삶의 화학작용,
연덕흠 열사의 절박한 마음 곁에 해밀
내 친구 덕용이의 간절한 몸짓 곁에 해밀

저 외침 곁에 해밀, 저 깃발 곁에 해밀, 저 긍지 곁에 해밀

그런 날이 오는 것이다

내 20대 후반, 죽어라 학습하던 시기에

러시아 어느 지역 볼셰비키 당원들의 평균 나이가 20대라는

것을 읽고

가슴이 벅찼던 기억이 있다

올해 쉰여섯인 나이에 내 20대를 되돌아보면 뭣도 모를 나

이인데

뭣도 모르고 덤벼드는 것이 혁명이었다

뭣도 모르고 눈빛이 맑아지고 뭣도 모르고 몸짓을 바꿔 춤

을 추고 뭣도 모르고 인간에 대한 예의를 배우고 뭣도 모르고

숨통 같은 우정을 배우고 뭣도 모르고 제도로 굳어진 명령을

거부하고 뭣도 모르고 무작정 평등에 이르고 뭣도 모르고 삶을

뒤집어 축제에 이르는 것이다

혁명은

흥에 몸을 태워 어디로 튈지 모르는 자유로운 몸짓이다. 살

아 보고 싶은 모든 가능성들이 몸에 착착 감기는 날이다
　혁명은

　오늘은
　바닥이었던 삶이
　비 개인 맑은 하늘로 몸 바꾸는 날이다
　오늘은
　비 갠 맑은 하늘이
　모든 종의 피부색을 바꾸는 날이다

　지금 여기
　새로운 인류가 태어나는 시간,
　파랑 파랑 파랑

　파랑, 진창으로부터 비상한 해밀처럼
　생의 태초는 언제나 뒤집어엎는 거다

* 국어사전에는 등재되지 않았으나 길동무 돌쑥을 통해 내게 전해진 '비 개인 맑은 하늘'을 뜻하는 순우리말. 손에서 손으로 전달됐던 비합법 소책자처럼 돌쑥은 '해밀'을 붓글씨로 써 길동무들에게 선물하곤 했다.

비어 있는 곳을 채우며 강물은 흐른다

비어 있는 곳을 채우며 강물은 흐른다

아프고 아픈 자리마다 가만히 손을 내민다
굽이굽이 안부를 묻지 않는 곳이 없다
상처 깊은 곳
삶의 체온이 빈틈없이 채워지면 부드러운 곡선이 자란다
품지 못할 것이 없고 넘지 못할 한계가 없다
굽이굽이 손잡고 흐르는 것이다

그러나 강물을 배반한 인간의 시간은 수탈과 착취만 집적하
는 폐허의 나날이다. 잘 팔리는 상품처럼 이제 공감도 우정도
연대도 민주주의도 혁명도 이 자본주의 지배 질서를 건드리지
않는다. 모든 색이 바래가는 부역의 나날이다.

삶의 자리마다 비명에 가까운 외침이 터져 나오고 있다. 유
독 이 소리에 반응하는 귀가 있어 다행히 숨을 쉴 수 있는 날이
다. 아무도 관심 없는 부은 발등 위에 두 손을 얹으면 체온을 따
라 흐르는 것이 있다. 공감의 주파수가 민주주의의 주파수에
감응하고 우정과 연대의 주파수가 혁명의 주파수에 감응한다.

살 것 같다. 같은 기(氣)가 서로 감응하듯 숨통이 터지는 과정은
계급투쟁일 수밖에 없다.

　　번암산 정상에 지고 있는 태양이 걸려 있다
　　빛과 어둠이 잘 어울리는 혼종의 때를 좋아했다
　　누군가를 새로 사귀는 평면 같아 설렜다
　　곧 수렴하고 저장하는 시간이 올 것이다

　　한발 앞서
　　다가올 한밤을 준비하는 자여
　　차분히 적응하여 보름달처럼 눈뜬 자여
　　별빛을 지도처럼 펼쳐놓고 드러나는 삶의 숨통을 찾는 자여
　　배제된 자들이 자기 이름을 찾기 위해
　　서로의 손금에 체온을 포개고 있다
　　당연하던 질서가 한꺼번에 무너져내리는 감응의 시간이 온다

　　머리가 몸의 중심이라고 생각하는가
　　발끝이 몸의 중심이다

머리가 명령을 내린다고 생각하는가
세포 하나하나가,
미생물 하나하나가 사유하고 결정한다*

비어 있는 곳을 채우며 강물은 흐른다
치유는 깨진 균형을 바로잡아 주는 것이다
땅처럼 미리 삶의 주제를 준비하고 별빛처럼 광장을 구성하
며 풀벌레 소리처럼 토론을 시작하고 벌집처럼 합의에 도달
하는
어깨동무한 체온은
넉넉한 동적 평형에 가닿을 것이다

* 돌쑥, '경락연구반' 강의에서 인용

칠요(七曜)

— 日月火水木金土

해가 뜨고 지고
달이 차고 기우니
뜨거워졌다가 차가워지고
오르고 내리니
만물이 스스로 변화한다*

돌쑥이 해설한 칠요일을 생각하다 보면
명료해지는 것이 있다

몸은 해달에 감응하는 시스템
순환 가능한 삶에 최적화되어 있다
차가워지면 오르고
뜨거워지면 내리고
순환이 구성하는 동적 평형의 세계
아플 확률을 줄이며
풀꽃처럼 끈덕지게 살아가는 것이다

치뻗기만 하고 내리지 못하는 것이 질병이고

가라앉기만 하고 오르지 못하는 것이 질병이다
이 극단적인 불균형이 자본주의다
순환 가능한 삶은 철저하게 반자본주의적이었다

해달에 감응해야 한다
그대 삶이 좀 더 땅에 밀착되었으면 좋겠다
한가한 전원생활을 꿈꾸자는 것이 아니다
대의, 위계, 차별, 명령, 착취와 수탈로 이뤄진
부르주아 민주주의와 단호하게 단절하자는 거다
대의제도 너머
'스스로 그렇게 하는 힘[自然]'을 구성하자는 거다
직선의 자본주의적 시간으로부터 탈주하여
순환의 시간 속으로 이주하자는 거다
악착같이 만나고
뒤에서 조용히 아픔을 돌보며
서로 돕고 기쁘고 즐겁게 살다 가자는 거다
인생 별거 없다
차별 따위 혐오 따위 배제 따위 한꺼번에 넘어서자는 거다

의회제를 당연한 것이라 믿지 마라
지금 여기
그대 두 발 딛고 서 있는 자리가
바로 多中**이다

국가에 부역하는 자들의 문장 말고
해가 뜨고 지는 이치만이 내 삶에 들어
호흡이 다하는 날까지 함께 가고 싶은 날이다

돌쑥의 사십구재 날
땅으로 귀의한 길동무들이
그가 작사 작곡한 '창'이란 노래를 부르고
맛나는 음식을 나눠 먹었다

'이번 생은 글렀고 다음 생은 없는 것으로'
입버릇처럼 말하던 그였지만
우리 곁에 땅으로 와 있으리라 믿는다

日月火水木金土가 우리 몸에서도 똑같이 일어나는 것처럼

풀 한 포기와 우리 몸이 둘이 아닌 것처럼

"모든 치유는 자연 치유, 스스로 치유하는 것이다"***

돌쑥이 안내한 길 위에 해가 뜨고 달이 차오르면

아리고 아린 마음들

평범하고 여린 풀꽃으로 피어

스스로를 치유할 것이다

스스로 선 자리에서

多中의 시대를 열 것이다

* "土의 자리가 풀 한 포기, 나무 한 그루의 자리이고 세상의 모든 중심 多中이며
  土 스스로가 生長化收藏한다. 이 자체가 一氣다".(돌쑥, '경락연구반' 강의에서
  인용-)
** 돌쑥은 "모든 중심, 혹은 비어 있는 중심"으로 해석했다.
*** 돌쑥, '이매진' 강의에서 인용.

신
경
현

분자 씨

비가 오면 퇴근하는 어린 여공들의 얼굴처럼 까맣게 젖었다,
그 동네는
아이들을 3교대 섬유공장으로 밀어 넣은 애비들은
밤이면 술에 취해 졸고 있었다
견디기 힘든 진창의 시간
붉게 빛나던 교회가 있었으나 구원은 이루어지지 않았다
그 동네처럼
깊어가는 고통을 건너와도
아직까지 지하 양말공장에 다니는 분자 씨
글자 읽는 게 아직까지 힘들다지만
내일모레 시집가는 청첩장에 박힌 큰딸 이름 불러보며
떠난 박호기 씨 생각난다는
작고 단단한
분자 씨

긍지를 배신하지 않는다

무슨 잘못을 했다고 길거리로 쫓겨났을까 우리는

먹고는 살아야 할 것 아니냐

바람막이 하나 없이 맞는 찬바람에

들어줄 이 하나 없는 중얼거림이 쓸쓸해 그만둔다

국립대 병원 주차 관리 비정규직 해고 노동자

우리 이야기 좀 들어보라고

흔들리는 촛불 하나 들고 집회를 하지만

흔들리지 않는 병원은 말이 없다

별 설명이 없어도 이제는 너무 흔한 이름

별별 설명을 해도 이해할 수 없는 이름

정기적 고정적으로 파고드는 슬픔과 눈물을 이겨내기 위해

혼자가 아닌 이름들,

흔들리는 촛불처럼

끝끝내

긍지를 배신하지 않는다

농성장에서 쓰는 편지

― 천막 농성 중인 투쟁하는 모든 노동자들에게

눈이 내린다

침묵처럼 어둠이 깊어간다

올 사람 하나 없는 천막 농성장

문득, 살아보고 싶은 날의 하늘은 무슨 색일까 궁금해진다

절박하게 눌러쓴 구호들이 뒹굴고 있는

오늘 밤

자동차 불빛과 소음 깃든 이곳으로 누구든

맑은 술 한 잔 들고 와 주시라

다가올 따뜻한 봄바람도 좋고 뜨거운 투쟁도 좋고

사랑하는 사람이라면

더더욱

좋으니

와서 함께

이 길고 긴 외로움을 밝혀 주시라

밥

―어떤 노조를 생각하며

중력을 따라 흐르는 눈물처럼 배고픔은 아래로 쏟아진다
거스를 수 없는 배고픔 앞에서
함께 배고팠던 누군가를 신고해서 쫓아내고
쫓아낸 누군가의 밥까지 혼자 먹다 간
그 밥,
끝내 빼앗긴다
배고픔마저 함께 나눌 때
그 밥,
끝내 지킬 수 있다

이 폐허를 응시하라

—한국옵티칼하이테크 고공농성 중인 두 동지의 무사 귀환과
   투쟁 승리를 기원하며

쫓겨나지 않기 위해 올라간 옥상
그늘막 텐트 두 개, 핫팩 몇 개 들고 올랐다
돈도 없고 빽도 없이 버틴 세상, 어딘들 안전할까
몇은 퇴직금 받고 떠나고 몇은 싸움 포기하고
불탄 공장처럼 시커멓게 속이 다 타버린 열 한 명
모두 떠난 공장, 침묵이 다수였으나
다수의 침묵을 깨고 질문들이 터져 나왔다
고공이나 지상이나 물러설 수 없는 벼랑 끝
우리는 "모두의 생존을 지키는 깃발이 될 수 있을까"*
쉬 잠이 오지 않는 고공의 밤
사라지지 않고 살아남기 위해
이 폐허를 응시하라**

* 한국옵티칼하이테크 농성장 외벽에 설치된 농성 현수막 내용.
** 레비카 솔닛의 책 『이 폐허를 응시하라』에서 차용함.

바다

밀물과 썰물의 시간을 흘러 눈물은 빛나는 한 세상에 가 닿
는다
지친 날개 접을 겨를 없이 자전과 공전 주기에 맞춰 날아가
는 새들이
비로소 세상의 저무는 뒷모습이 된다
부표처럼 뿌리내리지 못한 인간의 희망이 파도에 부서져
푸르게 출렁이는 슬픔의 전부가 된다

안전운임제 쟁취
─공공운수노조 화물연대본부 안전운임제 투쟁을 생각하며

위험수위를 넘긴 장맛비처럼 피곤이 퍼붓는다
애를 써도 떠오르지 못하고 자꾸 가라앉는 눈꺼풀
한 탕이라도 더 뛰기 위해 꼭두새벽이든 한밤중이든
온몸이 부서져라 달릴 수밖에 없었다
우리는
그렇게 달리고 달려 도착한 곳은
도대체 삶인가 죽음인가
과속과 과적과 과로로 점철된 죽음의 운전
시동을 끄고 화물차 키를 뽑고서 멈출 수 있었다
우리는

요단강

용서할 수 없는 폭력에 감금된 사람들
오늘도 처참하게 폭살된다
무너진 집터 뒤로 피에 젖은 절규가 뭉게뭉게 피어난다
총탄은 피난길 아이들과 노인들과 여자들에게 퍼붓는다
피를 흘리고 있는데도 아파서 울고불고 소리쳐도
퍼붓는다
살아 있는 현재와 지나간 과거와 돌아올 미래까지 불태워진
죄 없이 살아온 사람의 마을을 향해
총구를 겨누고 정치적 계산을 하는 동안
시커멓게 그을려 쓰러진 신의 평화
가라앉지 못하고 붉게 흐른다
요단강

강령

회의장 안에서 항의 피켓을 들고 있던

결국, 다수결로 표결 처리된 채 입을 틀어막혀 쫓겨나는 강령

소수의견으로 남겨져 길고 긴 한숨 쉬는 강령

박제된 채 액자 속에 뿌옇게 먼지를 덮어쓰거나

회의 자료 귀퉁이 있는지 없는지 모르게 방치된 강령

시민권을 인정받지 못하고

면피용으로

대외용으로

신규 조합원 교육용으로

가끔 사용되는 강령

상급 조직의 권위가 필요할 때 호명되는 강령

조합원들의 심장을 떠나

허공에 소속되어 있는

말만 무성한

강령

최저임금

갈수록 말라가는 몸, 세상은 밝기만 한데
체력이 없어 걱정조차 짊어지지 못했다
일하는 내내 퇴근하지 못한 작업등이 고통스럽게 깜빡였다
더하고 뺄 것 하나 없이 투명하게 드러난 가난에 어깨가 처
졌다
가난과 고통을 오가는 달빛이 공장 위로 자욱이 내려앉았다
물어보지 않아도 똑같은 월급을 받는 사람들은 과연 평등
할까
어제는 집으로 돌아가는 길에 잠시 분노를 생각했지만
흩어지기만 할 뿐 모여지지 않는 분노는 힘이 되지 못했다
고단한 하루를 벗고 잠자리에 들었으나
악몽조차 찾아올 수 없는 밤에 갇혀 몸부림쳤다
최소 권리는커녕 비명조차 보장받지 못한 최저 인간은
너무 일찍 찾아온 아침, 산 것도 죽은 것도 아닌 시간 속으로
뛰어가고 있다

이
규
동

흙밥

마당 가 꼬들꼬들 말라가는 고사리를 봐
젊었을 적부터 저것 꺾어 팔아
오 남매를 키웠잖여
흙이 내어준 것이여
쩌— 아래 다랭이논에 시퍼런 벼 보이지?
나는 모를 낸 것밖에 없는디
흙이 저렇게 키웠잖여
애호박도 가지도 고추도……
근디 나는,
흙에게 줄 것이 읎써
가진 건 몸뚱어리 하나밖에 없으니
이거라도 줘야제
늙고 꼬부라져 맛이나 있을랑가 모르겠네
나중에
숨넘어가면
흙밥이나 돼야제

품다

밤낮으로 상추와 붙어산 순옥이는
무릎에 철심이 박혔고
삼십 년째 순옥이만 따라다닌 만복이는
허리에 철심이 박혔다

구부려야 내어주는 흙바닥
아득한 상춧잎 바라보며
순옥이는 무릎이 꾸부정
만복이는 허리가 꾸부정
꾸부정한 몸을 서로 품었다

밥상

내 손으로 심고

내 손으로 거둬

내 손으로 버무려 낸

밥 한 공기

국 한 그릇

나물 세 접시

스스로 선 것들은 푸르다

땅에 사는 것들은

뿌리를 내린다

뿌리가 얕으면

줄기가 낮고

뿌리가 깊으면

줄기도 높다

뿌리가 가늘고 부드러우면

바닥을 긴다

낮아도 푸르고

높아도 푸르며

휘어져도 푸르고

기어도 푸르다

땅에 사는 것들은

스스로 선 것들이다

약속

한여름 대문간에 매달려
흙으로 갈 날 기다리던
마늘을 잘랐네

하얀 마늘쪽 가운데
진한 초록 싹
푸른 들 만들겠다는
심지 굳네

저 生을 잘라
내 生을 이으며
삶 속에 너의 빛을 잃지 않겠다
약속했네

마음이 오가는 길

한가위가 되면
아사히 비정규직지회에서 판매하는 김을 사서
이웃과 나눈다

십 년째 말을 높이는
컨테이너 한 칸 집
만식이 형
"고맙습니다
고맙습니다
나는 줄 것이 없는디……"

그날 밤 대문간 문고리
검은 비닐 봉투
신문지에 돌돌 말린
송이 다섯 송이

마음이 오가는 길은
시작도 끝도 없다

풀

언제 났는지 모르게
싹트고
언제 자랐는지 모르게
우거져

뜯기고
베이고
뽑혀도

언제 피었는지 모르게
꽃 피우고
언제 맺었는지 모르는
씨앗을 떨궈

언제나
들 가득한

입춘(立春)

청딱따구리도

멧비둘기도

매화나무도

밭 가에서

꽃 핀다

사르르

땅도

몸 연다

씨앗 한 줌 쥐고

봄으로 들 때다

귀신

—개구리

논에는 귀신이 산다
땅속에서 눈 감고 있다
어떻게 알았을까
논두렁 바르고 물 채우는 순간
비집고 나와 밤마다
꽥꽥꽥꽥
꾸괴괴

말 못 하고 있던 것 한이 된 듯
논을 살려내라
집 짓지 말고 농사져라
봄밤 요란스레 채우다가
농사꾼 기침 소리에
얌전해지는

논에는 섬겨야 할 사람을
틀림없이 구별해내는
귀신들이 잔뜩 산다

움트다

지난가을
옆집 소먹이로 간 지푸라기
똥거름으로 돌아왔다

겨우내 우울처럼 앓던 몸
삽질 한 시간에 가볍다

바람에 봄이 들고
거름 냄새 맡은 흙에서
生이 움튼다

2
부

....

그림
/
산문

전
상
순

여수 새끼

　아침이라고 식빵 2쪽 꼬깃꼬깃 씹어 먹고선 집 안에 짐을 바깥으로 들어내기 시작했다. 거의 12시가 다 되도록 들어내도 자질구레한 거를 덜 끄집어냈는데, 서방인지 남방인지가 전화를 걸어와서는 한다는 말이, "점심은 뭐하고 먹노, 무시국이라도 좀 끓이지" 한다.

　마당 개수대에는 2차 김장으로 절임 배추 40kg이 배달되어 왔고, 육수도 내야 하고, 풀물에 멸치젓까지 다려 한밤중에라도 담아야 할 판인데, 우째 저래 물색없이 저 먹고 싶은 것은 다 먹어야 하노 말이다. 안 해주려고 내 이유를 갖다 대봤자 씨알도 안 멕힐 거구 먼지 묻은 장갑을 벗어놓고 무를 가져와 채를 썰어 들기름에 소금 간하여 살짝 생강 가루를 뿌려 물기 자작하게 볶아 놓는다. 아닌 게 아니라 이즘 무나물 볶아 놓으면 달착지근 들기름 고소한 맛까지 더하여 입에 착착 붙는 맛이다. 봄 무, 여름 무로는 도저히 흉내도 낼 수 없는 맛이라!

　무나물에 국물까지 곁들여 점심을 맛나게 먹었다. 맛있다며 저녁에 또 해놓으란다.

　'네네, 어느 안전이라고 거절을 하겠습네까.'

　다저녁에 겨우 양념 준비하여 야채 속 썰어 넣고 40kg 버무리니 큰 통으로 4통이 나왔다.

올해 김장은 양을 적게 하겠노라 노래를 불렀지만, 결국에는 1차, 2차 해서 총량을 채운다. 이 지랄도 총량 법칙이 작용하나 보다.

일기 숙제 한다고 늦은 시간에 마당에 짐 내놓은 곳을 뒤적거려 색연필과 그림장을 갖고 들어오니, "왜, 숙제하고 자려고?" 한다. 방에 들어와 뭘 그리고 쓸까… 하다가 대뜸 궁중펜에 무나물 볶은 걸 그려서 색칠하고, 낮에 서방 주문 사항을 몇 줄 쓰고 있는데, 고 서방이 들어와 그림을 보더니,

"으이고, 낮에 무나물 볶아달라고 한 거 그거 꼰지를려고 그거 쓰냐? 영감쟁이가 바빠 죽겠는데 그런 거 시킨다꼬?"

속으로 깜짝 놀래서 일기장을 슬쩍 덮으며,

"아이고 아니라요. 몸도 피곤하고 손가락도 아퍼서 얼릉 쉬운 그림 그려놓고 잘라꼬요~" 변명을 한다

고 서방이 방문을 나가며,

"이핀네야! 내가 모를 줄 알고? 속을 글케나 들락거렸는데 그거 모를까봐…."

저노무 영감쟁이 이제 반(半)여우가 다 됐구먼…. 쩝.

2021년 12월 4일

相順

아침이라고 식빵 2쪽 꼬깃꼬깃 씹어먹고선
집안에 짐을 바깥으로 들어내기 시작했다
거의 12시가 다 되도록 들어내도 자질구레한거를
덜 끄집어 냈는데 서방인지 남방인지 전화를
걸어와서는 하는 말이,

『점심을 뭐하고
먹노, 무시국이
라도
좀 끓여서』
한다.

마당 개수대
에는 2차김장
으로 절임배추
40양이 배달되어 있고
육수도 내야 하고 풀물에

멸치젖까지 다려 한밤중에라도 담아야 할 판인데
우째 저래 물색없이 저 먹고 싶은것은 다 먹어야 하노 말이다,
안 해주려고 너 이유를 갖다대 봤자 씨알도 안 먹힐거구
먼지 묻은 장갑을 벗어놓고 무를 가져와 채를 썰어 들기름에 소금
간하여 살짝 생강가루를 뿌려 물기 자작하게 볶아 놓는다.
이런게아니라 이음 무나물 볶아 놓으면 달착지근 들기름 고소한
맛까지 더하여 입에 착착 붙는 맛이다, 봄무, 여름무로는
도저 흉내도 낼수 없는 맛이라!
무나물에 국물 까지 곁들여 점심을 맛나게 먹었다.
맛있다며 저녁에 또 해놓으란다
네네, 어느 안전이라고 거절을 하겠습네까.
다 저녁에 겨우양념 준비하여 야채 죽 썰어넣고 나야kg
버무러니 큰 통으로 4통나왔다.

올해는 양을 적게 하겠노라 노래를 불렀지만, 결국에는
1차, 2차 해서 총량을 채운다.
이 지랄도 총량법칙이 작용하나 보다.

일기 숙제 한다고 늦은 시간에 마당에 짐 내놓은 곳을 뒤적거려
색연필과 그림장을 갖고 들어 와, "왜 숙제하고 자려고?" 한다-
방에 들어와 무얼 그리고 쓸까.. 하다가 대뜸 궁중팬에 무나물
볶은걸 그려서 색칠하고, 낮에 서방 주문사항을 몇 줄쓰고있는데
고서방이 쑥 들어와 그림을 보더니,

"으이고, 낮에 무나물 볶아달라고 한거 꼰지를려고 그거 쓰냐?
영감쟁이가 바빠 죽겠는데 저런거 시킨다꼬"

속으로 깜짝 놀래서 일기장을 숨겨서 덮으며

"아이고 아니라요 몸도 피곤하고 손가락도 아파서 얼른 쉬운 그림
그려놓고 잘라고요~" 변명을 한다.

고서방이 방문을 닫으며,
"이핀네야 내가 모를 줄 알고? 속을 그렇게 들락거렸는데
그거 모를까봐 ..."

저노무 영감탱이 이제 반(半) 여우가 다 됐구먼.. 쩝

2021년 12월 4일
朴川順

아버지와 장롱

시래기 말라간다. 얼마나 많이 먹을 거라고 잔뜩 걸쳐놓았다.

내가 결혼할 때, 그때 그 시절에는 새색시가 장롱을 해가는 게 관례였다. 아버지는 토목 현장에 매번 계셔서 상견례 자리에도 큰아버지께서 대신 가 주셨다. 각설하고, 결혼이 결정되자 울 엄마는 덤덤한데 아버지는 애가 마르셨다. 뭘 준비해야 하는지 바로는 얘기하지 않으셨지만 내 눈치를 보면서 없는 살림에 뭘 해줘야 할까… 궁리만 하셨다. 이런저런 준비를 혼자하였다. 친구랑.

마지막 혼수품으로 아버지께서 장롱과 그릇 장, 문갑 2짝을 사 주셨다. 장롱 문짝에 옛날 낙타 천 오버코트의 싸개단추 같이 둥그런 모양의 나무 장식이 문짝마다 붙어 있는 견고한 장롱이었다.

올해로 결혼 32년째, 장롱을 매일 열고 닫고 지냈는데 집 수리 명목과 함께 오래된 그 장롱도 문밖으로 나갔다. 문밖이란 대문 밖이란 말이다. 자석도 떨어져 나가 문이 제대로 닫히지도 않아 문짝 앞에 뭘 공가놔야 했었다. 그러나 막상 문밖에 나가자 기분이 안 좋다. 아직도 수거해가지 않아 삽짝 앞에 버티고 있는데 홀로 계신 아버지 생각도 나고 지난여름 황망히 떠

116

나신 엄마도 생각나고 고만 나는 일기 쓰면서 흑, 흑, 흑 목젖
이 아프게 울고 있네.

2021년 12월 7일 화요일

상순

시래기가 말라간다
얼마나 많이 먹을거라고 잔뜩 걸쳐 놓았다.

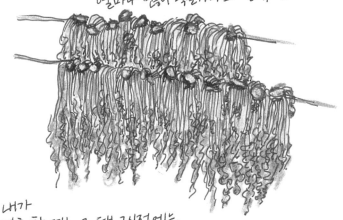

내가
결혼할 때, 그 때 그시절에는
새색시가 장롱을 해가는게 관례였다.
아버지는 토목현장에 매번 가져서 상견례 자리에도 큰아버지께서
대신 가주셨다. 각설하고, 결혼이 결정되자 울엄마는 덤덤한데
아버지는 애가 마르셨다. 뭘 준비해야 하는지 바로는 얘기하지
않으셨지만 내눈치를 보면서 없는 살림에 뭘 해줘야 할까, 궁리만
하셨다. 이런저런 준비를 혼자하였다 청구랑.
마지막 혼수품으로 아버지께서 장롱과 그릇장, 문갑 2짝을 사주셨다.
장롱 문짝에 옛날 낙타천 오버코트의 싸개단추 같이 둥그런 모양의
나무장식이 문짝마다 붙어있는 견고한 장롱이였다.
올해도 결혼 32년째, 장롱을 매일 열고 닫고 지냈는데 집수리 명목과
함께 오랜된 그 장롱도 문밖으로 나갔다. 문밖이란 대문밖이란 말이다.
자석도 떨어져 나가 문이 제대로 닫기지도 않아 문짝 앞에
뭘 끓가놔야했었다. 그러나 막상 문밖에 나가자 기분이 안좋다.
아직도 수거해 가지 않아 삽짝앞에 버티고 있는데 홀로계신
아버지 생각도 나고 지난 여름 황망히 떠나신 엄마도 생각나고
고만 나는 일기 쓰면서 흑흑, 흑 목젖이 아프게 울고 있네.
　　　2021년 12월 7일 화요일 상순

곰 같은 여편네

2023년 8월 1일 화요일 맑음 32°

깔다구 물린 자리가 부어서 아침에 일어나니 눈이 붙었다.

오줌 누러 나오니 고 서방이 쇼파에 앉아 덜덜덜 어깨 안마기를 돌리다가 여편네가 눈두덩이 밤티가 되어 나오니 깜짝 놀라서 왜 그러냐고 묻는다.

"어제 새북에 고추 따다가 깔다구 새끼가 눈두덩을 물어서 이래 붓잖아예~" 하고 '예'를 갖춰 대답하니,

"여편네가 곰팅이가 틀림이 없군, 긴가민가하고 살았는데 진짜 곰이었어."

삼십사 년 만에 여편네가 여자가 아니고 곰이라는 사실을 깨달은 남정네. 동안 살면서 내가 곰으로 탈태해서 몇 번을 살았는지 그대는 알라능가?

오토바이 타고 가다가 옹벽을 들이박고 손가락이 골절됐을 때도 병원 안 가고 곰으로 살았다오. 딸이 아파서 그거 고치느라고 동분서주할 때 한 달 넘게 하혈을 할 때도 그렇게 살았고, 꼽으라면 열 손가락, 열 발가락이 모자라. 당신 손가락도 좀 빌려줄래요?—이건 모두 묶음 처리.

원래 곰은 말이 없다. 한 번씩 뒤통수만 갈겨줄 뿐!
주사 맞고 나니 눙깔이 좀 떠진다.

2023년 8월 1일 화요일 맑음 32°

깔따구 물린 자국이 부어서 아침에 일어나니 눈이 붙었다.
오줌 누러 나오니 고서방이
소파에 앉아 덜덜덜 어깨 안마기를 돌리다가
여편네가 눈두덩이
방티가 되어 나오니
깜짝놀라서 왜
그러냐고 묻는다

"어제 새벽에
고추 따다가
깔따구 새끼가
눈두덩을 물어서
이래 붓잖아예~
하고 '예'를 갖춰
대답하네.

"여편네가 곰팅이가
틀림이 없슈, 긴가민가
하고 살았는데 진짜
곰이없어."

삼십 사년만에 여편네가 여자가 아니고 곰이라는 사실을
깨달은 남정네.
동안 살면서 내가 곰으로 탈태해서 몇 번을 살았는지
그대는 알랑능가?
오토바이 타고 가다 옹벽을 들이박고 손가락이 골절 됐을때도
병원 안가고 곰으로 살았다오. 딸이 아파서 그거 고치느라고
동분서주 할 때 한달 넘게 하혈을 할 때도 그렇게 살았고,
곰으라면 열 손가락, 열발가락이 모지라.. 당신 손가락도 좀
빌려줄래요? - 이건 모두 묵음처리. 원래 곰은 말이 없다.
한번씩 뒤통수만 갈겨줄뿐!   주사맞고 나니 눈꺼풀이 좀 떠진다

121

오살나게 더움

식전에 고추밭에 퍼진 균을 퇴치하기 위해 울러 매는 약통으로 4말 약을 쳤다.

나이 드니 20l 한 말 짊어지고 약 치는 게 힘에 부친다. 나중에는 어깨끈에 왼쪽 팔이 압박이 되어서 손이 팅팅 부었다. 아이씨, 꼭 이렇게 농사지어서 고추를 먹어야 하나? 하는 마음이 들었지만 곧 그 마음은 '삭제' 시키고 알뜰히 약을 쳤다. 낮에는 너무 뜨거워―35도―밭에 도저히 갈 수가 없어 옥상 방에 있던 재봉틀과 작업대를 빈방(작은방)으로 옮겨 세팅을 하였다. 그리고는 바지를 만들고 남은 천을 최후 1mm까지 활용하여 나시 블라우스를 대충 만들었다. 만든 옷을 갈아입으니 색바랜 소똥 색이어서 그런지 촌티가 팍팍 난다. 저녁 먹으러 들어온 고 서방이 보더니, 웬 푸대 자루를 뒤집어썼냐며 "정부미 푸대 아줌마 저녁에 냉면 좀 하지?" 한다

대패 소고기 구워서 냉면 우에 얹어 주니 계란은 왜 없냐? 한다.

정부미 푸대 아줌마한테 너무 많은 걸 바라시구만 ㅜㅜ.

PS : 아주 오래전에 옷 만들기 배울 때 여자옷 블라우스는 반

드시 B·P를 잡아줘야 한다고 배워서 가슴 다아트까지 박아서 만들었구만. 그런데 입어 보니 패턴 공식과는 십 리나 떨어진 곳에 존재하는 현실 바스트 포인트 B·P!

몸만 늙어 여기저기 아픈 게 아니고 이게 아래로 아래로 늘어질 대로 늘어지기까지 하니 현타 오지게 오는구만 끌끌….

2022년 7월 2일 토요일

2022년 7월 2일 토요일 /
오살나게 더움

식전에 고추밭에 퍼진 균을
퇴치하기 위해 울러매는 약통으로
4말 약을 쳤다.
나이드니 20ℓ 한 말 짊어지고
약 치는게 힘에 부친다.
나중에는 어깨끈에 왼쪽 팔
이 압박이 되어서 손이
팅팅 부었다. 아이씨 꼭 이렇게
농사지어서 고추먹어야하나?
하는 마음이 들었지만 곧
그 마음은 '삭제' 시키고
알뜰히 약을 쳤다.

낮에는 너무 뜨거워 -35°C-
밭에 도저히 갈 수가 없어
옥상방에 있던 재봉틀과 작업대를
빈방(작은방)으로 옮겨 세팅을
하였다. 그리고는 바지 만들고
남은 천을 최후 1mm 까지
활용하여 나시 블라우스를 대충
만들었다. 만들어서 갈아 입으니
색바랜 소똥색이여서 그런지
촌티가 팍팍난다
저녁 먹으로 들어온 고서방이 보더니
"왠 푸대자루를 뒤집어 썼냐며"

"정부미푸대 아줌마 저녁에 냉면 좀 하지 ?" 한다.
대패 소고기 구워서 넣어 주니 계란은 왜 없냐.. 한다.
정부미 푸대 아줌마한테 너무 많은걸 바라시구만. ㅜ.ㅜ.

124

PS: 아주 오래전에 옷만들기 배울때
    여자옷 블라우스는 반드시 B·P를 잡아줘야 한다고 배워서
    가슴 다아트 까지 박아서 만들었구만.
    그런데 입어 보니 패턴 공식과는 십리나 떨어진 곳에
    존재하는 현실 바스트 포인트 B·P!

    몸만 늙어 여기저기 아픈게 아니고
    이게 아래로 아래로 늘어질대로 늘어지기까지 하니
    현타 오지게 오는구만 끌끌....

125

담배 한 대짜리 휴식

축축해진 몸에 한기가 들었다.
흡연실 쓰레기통 옆이 그런대로 사나운 바람도 막아주고
햇살 한 뼘 따뜻했다
함께 일하던 이 형이 쓰레기통 옆에 쪼그리고 앉아 담배 한 대
피고 나더니
몸을 오그려 고개를 숙였다
이내 코 고는 소리가 쓰레기통에 소복이 쌓였다
코 고는 소리가 체기처럼 아팠다

—조성웅 시 「햇살 한 뼘 담요」 중에서

언젠가 아들 집에 갔더니 피다 만 담배갑이 있어, 깜짝 놀라 자고 나오는 아들에게 담배를 피냐고 물으니 일하다 힘이 너무 들면 바깥에 나와 그냥 불만 붙이고 잠깐 쉰다고 했다. 그러면서 일터에선 의외로 담배 피는 시간은 관대하단다. 잠시 쉬는 것도 고까워하는 눈길을 피해 아들이 한 가치 담배가 타들어 갈 동안 쉬었던 그 시간. 싫어하는 담배 연기 냄새를 감수하고라도.

담배 한 대짜리 휴식

2022년 12월 ㅗ일 일요일 맑음.

> 축축해진 몸에 한기가 들었다
> 흡연실 쓰레기통 열이 그런대로 사나운 바람도 막아주고
> 햇살 한 뼘 따뜻했다
> 함께 일하던 이형이 쓰레기통 곁에 쪼그려 앉아 담배 한대 피더니 고난
> 몸을 오그려 고개를 숙였다
> 이내 코 고는 소리가 쓰레기통에 소복이 쌓였다
> 코고는 소리가 체기처럼 아팠다
>
> 　　　　조성웅 시 < 햇살 한 뼘 담요 > 中에서

언젠가 아들집에 갔더니 피다만 담배갑이 있어, 깜짝 놀라 자고 나오는 아들에게
담배 피냐고 물으니 일하다 힘이 너무 들면 바깥에 나와 그냥 불만 붙이고
잠깐 쉰다고 했다. 그러면서 일터에선 의외로 담배 피는 시간은 관대하다던다
잠시 쉬는 것도 고까와 하는 눈길을 피해 아들이 한가치 담배가 타들어 간 동안
쉬었던 그 시간.
싫어하는 담배연기 냄새를 감수하고라도 ‧

차
헌
호

아사히 투쟁의 의미

　길거리에서 9년을 보냈다. 6년을 일하고, 해고자로 9년을 싸웠다. 35살에 하청에 입사해 52살이 되었다. 9년 투쟁의 시작은 비정규직 노조 설립이다. 9년의 투쟁은 '직접 고용하라'는 대법원 판결로 끝이 났다. 중요한 것은 이 판결은 증거자료가 아니라 우리의 투쟁이 만든 결과다.

　2015년 7월 21일 고용노동부에 부당해고, 부당노동행위, 불법파견으로 고소했다. 우린 2년간 노동부를 상대로 미친 듯이 싸웠다. 노동부는 2년을 넘긴 2017년 8월 부당해고, 부당노동행위는 무혐의, 불법파견은 기소 의견으로 검찰로 넘겼다.

　검찰은 2017년 12월 불법파견까지 무혐의 처분을 내린다. 아사히는 김앤장과 함께 178명을 해고하고 2년 6개월 만에 법적으로 모두 무혐의 처분을 받아냈으니, 노조 파괴를 성공했다고 축배를 들었을 것이다. 하지만 끝이 아니었다.

　우리는 검찰을 상대로 싸웠다. 담당 검사를 직권남용권리방해죄로 고소했다. 무혐의 처분한 사건을 항고하면서 대구검찰청에서 천막농성을 시작했다. 대구검찰청 로비 점거에 들어갔다. 모두 연행되어 유치장으로 끌려갔다. 이 투쟁으로 사건이 알려졌다.

2019년 2월 결국 검찰은 아사히를 불법파견으로 기소한다. 해고된 지 4년 만이다. 불법파견은 4년 만에 기소되어 법원으로 넘어갔다. 재판이 시작되었다. 30명이 넘는 증인 심문이 있었다. 공장 안 현장검증까지 진행했다. 해고된 지 6년이 넘은 2021년 8월에서야 첫 형사재판 1심 선고가 나왔다. 법원은 제조업 불법파견 첫 징역형을 선고했다.

"아사히 일본 사장 징역 6개월, 집행유예 2년, 하청 사장 징역 4개월 집행유예 2년, 아사히 법인 벌금 1,500만원, 하청 법인 벌금 300만원."

이 재판으로 아사히 투쟁은 우리가 완전 승기를 잡았다. 사측의 불법행위가 명백해졌다. 하지만 끝이 아니었다.

2023년 2월 대구고법 2심 재판부는 무죄를 선고한다. 사건은 다시 원점으로 돌아갔다. 해고된 지 8년 만이다. 대구법원 앞에서 우린 다시 3개월간 마이크를 잡고 외쳤다. 대구검찰청과 대구법원은 붙어 있다. 2018년 대구검찰청 앞에서 천막농성 하던 시절이 생각났다. 태평양 출신 판사가 태평양 변호사와 짜고 치는 재판을 했다고, 판사가 돈 먹었냐고, 우린 법원을 향해 목이 터져라 외쳤다.

2024년 7월 11일, 대법원은 2심 무죄를 파기환송했다. 유죄를 선고했다. 차고 넘치는 증거자료가 있는 기업의 불법행위 하나를 처벌하기 위해 걸린 시간이 9년이다. 그사이 우리는 수없이 유치장에 끌려갔고, 집행유예를 받았고, 벌금 수천만 원을 냈다. 우리 동지들은 단식 고공농성을 했고, 집행유예와 함께 사회봉사까지 받아야 했다.

난 9년간 집행유예만 3개를 받았다. 벌금은 셀 수 없이 받았다. 단 한 건도 무혐의 처분을 받은 것이 없다. 검찰은 어떤 사건이든 내게 징역형을 구형했다. 우리는 검찰과 법원이 투쟁하는 노동자들을 향해 쏴대는 편협한 판결에 두려움 없이 9년을 싸웠다.

2021년은 처음으로 사측의 제안이 있었다. 사측은 21명 정규직 고용과 돈으로 우리를 유혹했다. 우리는 단호히 거부했다. 그리고 3년을 더 싸웠다. 이길 자신이 있었다. 결국 우리가 이겼다. 승리는 단결과 투쟁에 달려 있다.

투쟁하는 만큼 달라진다. 투쟁하는 만큼 쟁취한다. 해고자로 9년간 여러 투쟁에 연대한 만큼 우리의 투쟁은 확대되었다. 하나의 투쟁은 하나로 끝나지 않는다. 모두 연결되어 있기 때문이다. 우리의 투쟁은 동지들의 투쟁과 연결되어 있다. 하나의 승리가 모두의 승리가 되어야 한다. 아사히 투쟁의 승리를 많은 분들이 환호하고 기뻐해 줘서 울컥울컥할 때가 많다.

우여곡절 끝에 승리한 아사히 투쟁은 우리 모두가 함께 만든 승리다.

아사히 공장 정문에 꽃이…

아사히 공장 정문에 꽃이 활짝 폈다.
드디어 내일 출근이다.
출입증이 아니라 사원증을 받아 들고
나일론 작업복이 아닌 멀쩡한 작업복을 입고서
22명이 환하게 웃으며 정문으로 향한다.
행복한 얼굴로 손을 흔들며 현장에 들어간다.
들꽃의 향기가 바람에 날려 공장 담벼락을 넘어간다.

3
부

....

시와
노래

우창수

절망 그만큼의 희망

―빈민해방 운동가 故 윤웅태 동지 8주기에 부쳐

불빛 하나 외로운 골목길
빈 소주에 잠이 든 어깨 하나
바닥을 쳤으면 일어나야지
절망도 꿈이 있더라

햇볕 한 줌 꿈꾸던 겨울날
울먹이며 내미는 빈손 하나
가난한 이웃이 주저앉으며
희망은 있나 묻더라

나와 당신의 이야기
빈손 하나 내밀어도 좋을

나와 당신의 이야기
온기 하나 나누어도 좋을

절망 그만큼의 희망
절망 그만큼의 희망

불빛 하나 외롭지 않게

잠든 어깨 하나 외롭지 않게

빈손 하나 외롭지 않게

절망 하나 외롭지 않게

창작
노트

부산에서 빈민운동을 하던 후배들이 있었다. 윤웅태, 최영, 홍웅식, 박정상. 윤웅태, 홍웅식 두 사람은 지금은 이 세상 사람이 아니다. 이 글을 쓰며 다시 찾아본 최영의 카톡 프로필 문구는 여전히 '절망 그만큼의 희망'이다. 예전에 어느 날, 윤웅태가 부산 전포동에 사무실을 내었다고 가보니 후미진 골목 서 너 평쯤 되어 보이는 공간이다. 그 이후 가끔 들러본 사무실은 어두컴컴한 골목에 유일하게 불빛이 새어 나오는 곳이었다. 들여다보면 윤웅태는 컴퓨터로 문서 작업을 하고 있거나, 소주 몇 병에 잠들어 있곤 했다.

전포동은 상대적으로 사무실 세가 싼 편이라 사회운동 조직들이 꽤 많이 세를 들어 있었다. 그 동네엔 이들이 자주 가는 선술집이 있다. 명절날 딱 하루만 쉬는 할머니 두 분이 운영하시던 '스카이'라는 술집. 간판도 없었지만 사람들은 그곳을 스카이라 불렀다. 왜냐하면 모두 다 술집 주위에 탁자를 펴고 하늘을 보고 술을 먹는다고 해서 그렇게 불렀다.

나는 노래를 해서 몇 푼 받은 공연비로 종종 스카이에서 후배들에게 술을 사곤 했는데, 서로 토론인지 하소연인지 모를 말들을 하늘로 흩날렸다. 나중에 그 스카이 할머니는 반빈곤

운동의 후원자가 되셨다. 할머니들이 보아도 몰골과 형편들이 말이 아니었던 게지.

2014년 나는 귀촌했는데, 가끔 부산의 집회에서 본 윤웅태는 수척했고 얼굴도 검게 물들어 있었다. 그리고 그의 부고를 듣고 나는 장례식장에서 추모곡을 불러야 했다. 하나 속마음은 애증이었다. 사랑과 미움. 그의 운동을 지지했으나 그의 삶은 스스로도, 주위에서도 돌보지 못했다.

가끔 빈민운동을 이어가고 있는 윤웅태의 동지이며 후배들이 우포를 찾아와 이야기를 나눌 때 그 애증에 대해 이야기한다. 지금도 마음 한구석이 아려온다. 노점상 운동을 하던 홍웅식은 예기치 않게 고독사했다. 죽기 전 우포에 와서 알코올 중독 치유 모임을 하고 있다고 했다.

최영은 대학생 때 해운대 승당마을 철거민 투쟁으로 구속되었다가 3년 뒤 부상당한 철거용역반원들의 치료비 명목으로 구상권이 청구되었고 이자까지 합쳐 1억3천만 원을 배상해야 했다. 10년에 걸쳐 월급까지 차압 당하며 그 당시 함께 구속되었던 후배들에게까지 원망을 들어야 했다. 그런 최영이 20년 넘게 핸드폰에 새기고 있는 문구가 '절망 그만큼의 희망'이다.

박정상은 철거민 투쟁, 노점상 투쟁, 화물연대 파업과 노동조합의 투쟁으로 몇 번을 감옥에 가야 했다.

두 사람은 갔고 두 사람은 남았다. 노래 '절망 그만큼의 희망'은 네 사람을 위한 위로의 노래이다.

하나 나는 아직까지 그 애증에서 벗어나지 못하고 있다.

절망 그 만큼의 희망

글.곡 우창수

불빛 하나 외로운 골목길－ 빈 소주에 잠이든 어깨하나
햇볕 한줌 꿈꾸던 겨울날－ 울먹이며 내미는 빈 손하나

바닥을 쳤으면 일어 나야지 절망도 꿈이었더 라
가난한 이웃이 주저앉으 며 희망은 있나 물더 라

나와 당신의 이야기－ 빈손 하나 내밀어도 좋을

나와 당신의 이야기－ 온기 하나 나누어도 좋을

절망 그 만큼 의 희－망 절망 그 만큼 의 희 망

불빛하나 외롭지 않 게 잠든 어깨 하나 외롭지 않게

빈손 하나 외롭지 않 게 절망 하나 외롭지－않 게

143

참 좋은 사람 참 좋은 동지
—울해협 의장 故 박현정 동지를 기리며

다 잘될 거야
모두 힘을 내야지
이 술 한잔 받고 다시 길을 가세

환한 웃음 둥근 몸
외로운 깃발 하나가
찢겨진 마음 감추며 말했지

나무들 저마다 모여 숲을 이룬다고 말하며
어찌 우린 그 나무 한 그루 지키지 못했나

참 좋은 사람 참 좋은 동지
돌아보며 살라 하네
둥글게 더 품고 살라 하네

자유는 당신의 웃음으로 꽃피고
평화는 모두가 낮아져야 해

동지는 산자의 웃음으로 되돌아오니
어찌 우리 꿈이 없다 말하리

내 정든 일터로 돌아가자
원직 복직 깃발 춤추는 날에

내 정든 일터로 돌아가자
노동해방 깃발 춤추는 날에

아무리 강해 보여도 그 속을 들여다보면 참 여린 사람이 많다.

10년을 넘게 해고자 생활을 하고도 늘 웃음을 잃지 않은 사람이 있었다.

그가 강해서가 아니라 다른 이의 고통을 알기 때문에 그 힘든 마음을 안아 줄 수 있어서이다.

어느 누구는 자칫 그 고통이 심해져 제 자신을 방어하기 위해 또 다른 폭력을 잉태하는 것도 보았다.

나도 별반 다르지 않은 경험이 있고 후회하기도 했다.

치유는 논리가 아니라 정서적이고 느리고 둥글다.

운동은 엄중하지만, 사람이 한다. 사람은 책이 아니고 기계는 더욱더 아니다.

사람은 오히려 봄 햇볕에 싹을 틔우는 새싹과 같고, 물오른 나무의 부러지지 않는 나뭇가지와 같은 존재일지도 모른다. 그래야 한다.

그 풀이 메마르고 가지가 메마르면 꺾이든지 부러진다.

풀은 바람에 눕지만, 다시 일어난다.

밟히면 더 굳건히 뿌리를 대지에 내린다.

나무는 위로 솟아오르지만 그 아래에 실뿌리 하나에 의존하고 있다.

햇볕과 바람은 그 생명을 더 풍성하게 한다.

노동자들의 장기 투쟁 사업장에 가보면 강고해 보이지만 불안하다.

노동자들은 메말라 가고, 그 생명의 수분을 지키기 위해 애를 쓴다. 연대 단위에 대한 예의와 고마움을 힘찬 팔뚝질로 보여주지만, 사실 안으로는 곯고, 문드러지고 울고 싶다.

투쟁이 마무리되면 적잖이 상담 치료를 받거나 치유가 필요한 상태가 된다.

아스팔트 위에서의 목마른 외침과 절망의 밤을 넘어서기가 어디 그리 쉬운가.

핏기 서린 눈은 더 붉어지기 마련이고 가슴은 피폐해진다.

서로가 가슴이 굳어가고 외로워질 때 따뜻한 말 한마디가 봄눈 녹듯이 사람의 마음을 따뜻하게 해 줄 때가 있다. 딱딱한 제안서나 정치적 말과 몸짓이 아닌, 사람과 사람이 나누는 아주 여린 말들이. 그것이 운동이 아니어도 좋다.

그 마음을 이을 수 있다면 눈빛 하나라도 족하다.

언어란 한편으로 참 부족한 소통의 도구이지만 마음에서 나오는 말은 울림이 있다.

늘 둥근 몸으로 주위 사람들에게 따듯한 사람이 있었다.

늘 동지라고 하는 사람들을 돌보고 웃어주었다. 자신은 10여 년이 넘는 해고자 생활에 병원 한번 제대로 못 갔다. 사람들은, 동지라고 말했던 이들은, 그의 건강보험료가 몇백만 원이 연체되어 있다는 것을 그가 간 뒤에 알았다.

그는 이제 이 세상 사람이 아니다. 나무들 저마다 모여 숲을 이룬다고 우리는 말하고 그 숲의 나무 한 그루 제대로 지키지 못했다.

울산의 효성 해고노동자인 박현정 동지이다. 울해협 의장이던 박현정과 함께 부산, 울산, 양산의 투쟁사업장에서 참 많이도 보았다.

농성장에서 술잔을 기울이며 환하게 웃던 웃음이 되돌아온다. 노래 '참 좋은 사람 참 좋은 동지'는 박현정의 묘비명이 되었다.

이제는 바람 부는 농성장에 나무 상자라도 구해서 상추라도 키워보자고, 생명과 함께하니 참 좋더라고, 아이들 자라는 것은 어떠냐고, 싸움에 져도 인생이 진 건 아니잖냐,고 말하고 싶다. 정치적 수사는 집어치우고 마음을 내어줄 것. 어느 뒷골목 막걸리 집이라면 술이 깊어져 바닥까지 내려앉은 마음들에게, "울고 싶다고요? 그래요, 나도 그래요"라고 말하고 싶다.

참 좋은 사람 참 좋은 동지

우창수 글.곡

150

봄날

아주 먼 옛날 한여름이 지나고
노란 들국화로 오셨습니다

봄꽃이 피는 줄 알고 길을 나서다
하얀 목련과 함께 가셨습니다

어머니의 머리카락은
목련꽃처럼 곱고 눈부셨습니다

거짓말처럼 해맑은 소녀가 되었습니다
거짓말처럼 춤추는 들꽃이 되었습니다

산책

반디*랑 산책을 갔는데
내가 똥이 마려워
다리가 꼬이고
안절부절 못하는데

반디가 내 앞에서
시원하게 똥을 눈다

부러워 죽겠다
부러워 죽겠다

* 반디 : 우포늪에 다쳐 버려진 강아지. 지금은 입양한 반려견.

노래나무

땀 흘려 일군 대지 위로 뿌려지는
노래 씨앗 하나

고된 노동의 시간 뒤에
밥이 되어버린 노래

절망과 희망이
하나

둘

모여

세상에 노래나무 하나

살아 보고 싶은 날의 하늘은 무슨 색일까

초판 1쇄 발행 | 2024년 11월 29일

지은이 | 배순덕 · 전상순 · 우창수 · 조선남
　　　　조성웅 · 신경현 · 이규동 · 차헌호
펴낸이 | 황규관

펴낸곳 | (주)삶창
출판등록 | 2010년 11월 30일 제2010-000168호
주소 | 04149 서울시 마포구 대흥로 84-6, 302호
전화 | 02-848-3097
팩스 | 02-848-3094

ⓒ해방글터, 2024
ISBN 978-89-6655-184-2 03810